LIGHTNING
— AND —
ROMANCE

2

Rin Mikimoto

TOKYOPOP®

LIGHTNING AND ROMANCE ②

Inhalt

Story

Die Highschool-Schülerin Sumire wünscht sich nichts sehnlicher, als sich richtig zu verlieben. Im neuen Schuljahr sitzt sie plötzlich neben dem berühmt-berüchtigten und bereits volljährigen Reo, der von den anderen furchtsam »der Blitz« genannt wird. Zufällig bekommt Sumire mit, wie Reo in einer Gasse angegriffen wird und eilt ihm zu Hilfe. Später erzählt er ihr in der Bar, in der er arbeitet, dass sie den Gerüchten, die man über ihn erzählt, ruhig glauben soll. Sumire wittert ein Geheimnis und kann nur noch an Reo denken. Als sie all ihren Mut zusammennimmt und ihm ihre Gefühle gesteht, läuft sein sonst so emotionsloses Gesicht rot an. Sumire traut ihren Augen nicht! ♥

Charaktere

Reo Ninomiya

Bereits volljährig. Geht mit Sumire in dieselbe Klasse. Auf seiner Wange prangt eine unverkennbare Narbe. Was steckt dahinter?

Sumire Yoshizawa

Eigentlich eine gewöhnliche Highschool-Schülerin, die aber noch nie verliebt war. Ihr Vater wacht streng über ihre Ausgehzeit.

Rio

Sumires Freundin. Sie träumt davon, Model zu werden und arbeitet bereits ab und zu in der Branche.

#4 Bitte nicht so nahekommen.

LIGHTNING AND ROMANCE

LÄRM

...

LÄRM

Er muss
in Wahrheit
schüchtern sein.
Sonst wäre er
nicht rot ange-
laufen, oder?

Hmmm
...

...

Das bedeutet
wiederum, dass
er mir gegenüber
nicht komplett
abgeneigt ist.

... war doch neulich an Ninomiyas Seite.

BAFF

Diese Frau ...

STARR

‼

Dann hat Reo Freunde gefunden?!

STRAHL

‼

Oh! Ich gehe in dieselbe Klasse wie dein Bruder.

Und wer bist du?

!!

Oha! Ich will auf jeden Fall mit!

Dann komme ich ...

... zu spät nach Hause.

Papa macht sich bestimmt Sorgen.

Halte dich da raus, Reo!

Werd nicht frech, Mao!

Sumire ist mein Cast!

So was fragt man doch nicht!

Komm herein, Sumire!

Woooow!

WUPP WUPP

Ich kann ihn überall riechen.

Das ist also Ninomiyas Zuhause ...

Ah, danke.

Ich gehe mich fix umziehen. Setz dich!

Jetzt bin ich hier.

Ist er sauer?

Geh dir erst mal die Hände waschen.

Bin ja schon dabei.

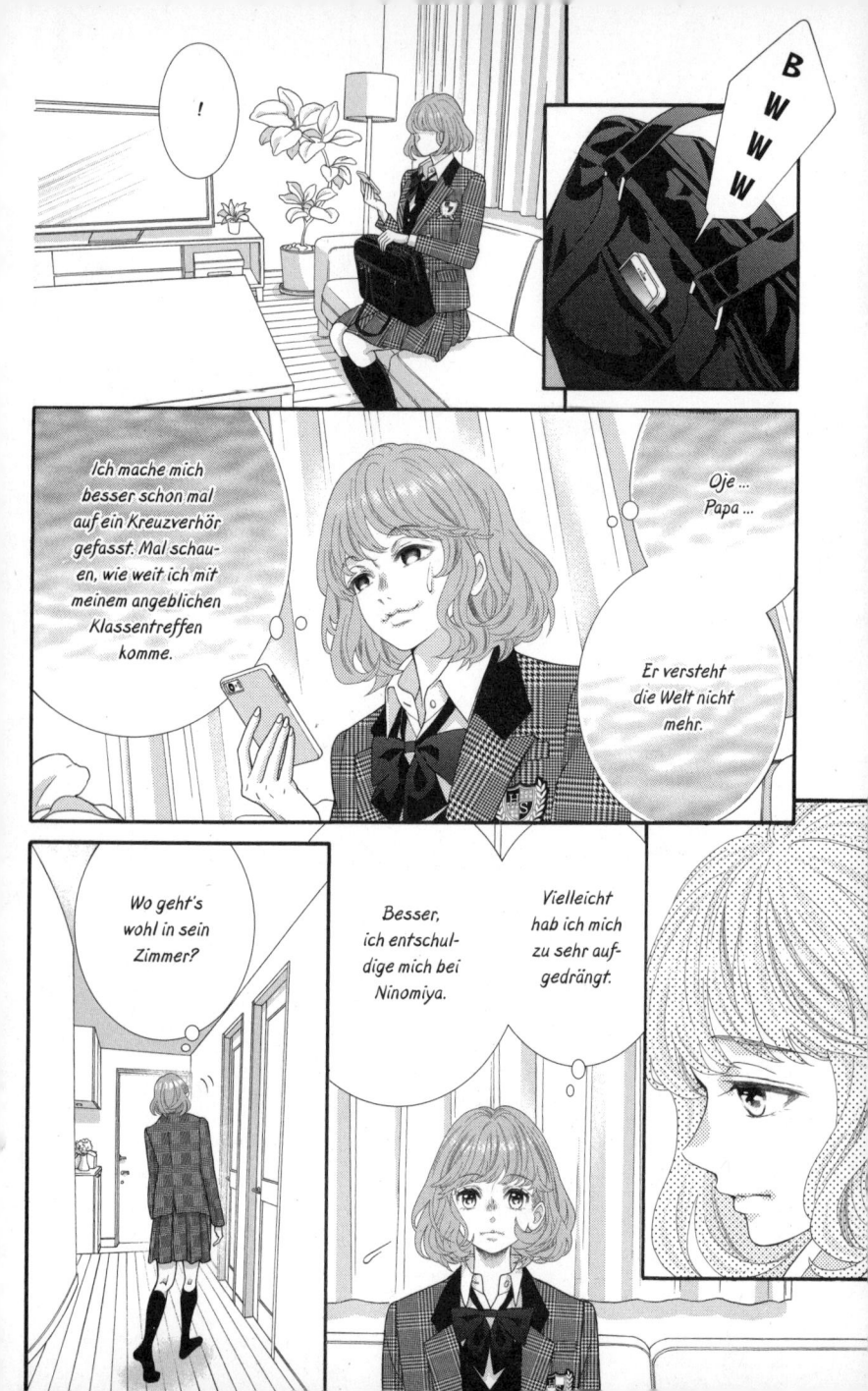

Ähm ...

Bitte
nicht ...

... so
nahekom-
men.

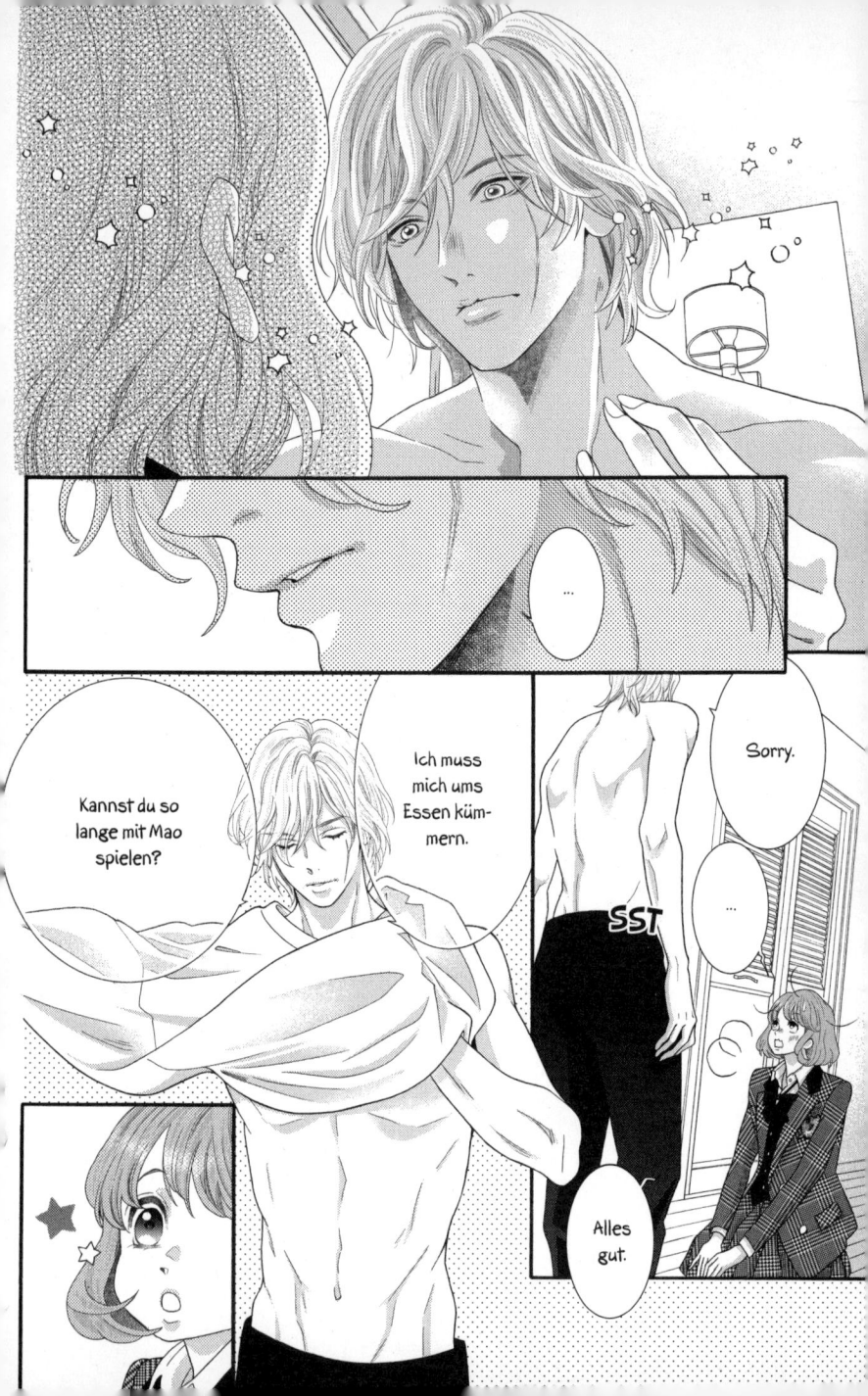

...

Er kocht also.

Du kochst?

Ja. Meine Mutter ist arbeiten.

ズ
ラ
STAPEL

©Pilot Corp.
©TOMY

Oh, wie süß!

Tadaaa!

Ja, nicht? ♪

Schau! Das sind meine Schätze!

Jetzt ...

... ver- stehe ich.

Aber ich will ihm trotzdem näherkommen.

Je mehr ich über ihn erfahre, desto mehr wird mir bewusst, dass wir in verschie- denen Welten leben.

Seltsam.

Weißt du ...

WUPP

Wenn Reo viel zu tun hat, fühl ich mich manchmal einsam.

Aber dann drückt er mich gaaanz fest!

Ah!

BATAMM

Da bist du ja wieder.

!

Ist Mao eingeschlafen?

Ja. Wir haben mit Kuscheltieren gespielt und irgendwann ist sie eingenickt.

Oh Mann ...

Danke, dass du dich um sie gekümmert hast.

Ach, mir hat es Spaß gemacht.

Es ist gleich 19 Uhr ...

SCHRECK

Reden tut er trotzdem nicht.

In der Bahn hat er auch kein Wort gesagt.

STILLE

...

Ah, da wären wir.

Ich bleibe hier, bist du reingehst.

Okay.

...

Natürlich nicht! Was denkst du dir dabei?!

...

War ja klar.

Ha ha ...

Aber fragen kostet ja nichts.

Weißt du ...

ERRÖT

Für mich
...

... ist das eine Beloh-nung.

Ich mach da nicht mehr mit. Tschüss.

WAPP

Wie das
Sprudeln ...

... prickelte es
im Bauch.

... einer
Limonade ...

51

GRINS

Hoffentlich passiert das heute wieder.

Gestern haben wir viel geredet.

GRINS

Da ist er.

Einen wunderschönen guten Morgen!

Der Verlag feiert hundert-jähriges Jubiläum und ich bin ein-geladen.

Würdest du mich morgen auf eine Party begleiten?

Jetzt vielleicht nicht! Aber früher waren meine Werke Bestseller!

MIAU

Was?!

Sie laden dich ein, obwohl sich deine Bücher nicht verkaufen?

Eine Party?

Meine eigentliche Begleitung ist plötzlich abge-sprungen.

Mein Buch bekam eine Serie und einen Film!

Mag sein, dass ich bislang nur ein One-Hit-Wonder hervorgebracht habe, aber damit hab ich ein Massenphänomen los-getreten, okay?

Ach, echt?

Ich werde
da sein.

Vielleicht sein Enkel?

N...

...

PLOPP

...

SCHEPPER

Ninomiya?!

Was?!

Was macht er hier?!

Aber wieso?!

Ach, was red ich?!

Hat gerade jemand Enkel gesagt? Ist er der Enkel eines CEOs?

Er...

Er sieht so gut aus...!

Ninomiya!

Vielen Dank.

Was zum Henker ...

Misstrauischer Blick

... machst du hier?!

?!

Mein Vater ist Schriftsteller und wurde eingeladen.

!

N... Nicht falsch verstehen! Ich bin keine Stalkerin!

Verstehe.

Ja. Also reiner Zufall.

?

Hi hi!

Ich bin froh, dass du mich unter all den Leuten gefunden hast.

VERLASSEN

Allein
in der Halle
rumstehen ist
auch blöd.

Den Kuchen
hab ich schon
verputzt.

GELANGWEILT

Vielleicht
geh ich ihn
suchen.

Ich hätte
mich gern noch
länger mit Ninomiya
unterhalten.

!

Hm ... Be-
stimmt wäre
er genervt.

Ninomiya!

Hah ...

Nein.

Ich wollte
nur etwas fri-
sche Nachtluft
schnappen.

Und dafür
auf die Dachter-
rasse.

Gehst du
schon?

Nachtluft?

Ich will euch ja nicht unterbrechen ...

SMILE

Sie möchte später mit dir in der Bar was trinken.

... aber die Tochter wartet schon auf dich.

Ha ha!

...

Muss ich da hin?

Was?

...

HMPF

Eine
Klassen-
kameradin,
also?

LÖS

Aber die Stimmung war so ange- spannt ...

Bitte entschuldige, dass ich mich eingemischt habe.

D... Da bin ich ja froh.

Ich wollte tatsächlich nicht gehen.

Passt schon.

Hör mal ...

Der Alkohol steigt mir gerade ziemlich zu Kopfe ...
Was?!
Oh nein!
GARDEN
Soll ich dir ...
... ein Glas Wasser bringen?
...

VERTRÄUMT
ぽやー！

Ist er okay?

W... Wieso ist er so süß?!!!

!!

Und wieso fängt er an zu summen?!

～♪♪

... kann ich ihm jetzt ein paar Fragen stellen.

Vielleicht ...

...

...

?

Sukiyaki* ...

Was ist dein Lieb-lingses-sen?

N... Ninomiya!

*Fonduegericht

Jetzt bin ich schlau-er.

Puh!

Deine Lieblings-farbe?

Deine Blutgruppe?

Schwarz.

Null.

Wie groß und schwer bist du?

1,85 Meter, 70 Kilogramm.

SCHRECK

A...

Auf was für Frauen stehst du?

Ich ...

... möchte dir näherkommen, weißt du?.

!

Frag nicht so etwas Albernes.

Da hab ich mich zu weit aus dem Fenster gelehnt.

E... Entschuldige.

89

Ich habe nur Augen für dich.

HOCK

...

#6 Was ist hier gerade passiert?

Was ist hier gerade passiert?

SCHLUMMER

...

Es ist ...

...

... rein gar nichts passiert.

Bin ich bescheuert?

Vielleicht ist das die Chance, einen Schlussstrich unter deine Gefühle zu ziehen. Überleg's dir.

Einen Schlussstrich ziehen ...

Hmmm ...

Kopf hoch! Streichle Butter und dir geht's wieder besser.

Danke dir!

Miau!

Aber wenn du trotzdem dabeibleibst, unterstütz ich dich natürlich!

Oh!

...

WOMP

... ihn anzu-
sprechen.

Ich traue
mich nicht
...

...

PRESS

Oha, bahnt sich da was an?

Inowaki hängt seit gestern viel mit Yoshizawa ab.

Hey, Sumire.

Was läuft zwischen dir und Inowaki?

Was soll da laufen?

Wie schön es doch wäre ...

Das kam unerwartet, aber ich freue mich über diesen Körperkontakt.

Eigentlich geht's mir wieder gut.

...

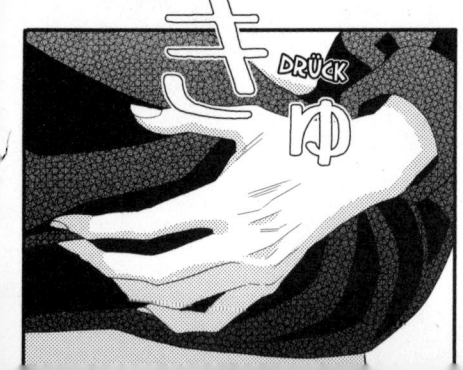

DRÜCK

Es liegt mir so viel auf dem Herzen:

... wenn ich ihm das sagen könnte.

»Wieso tust du das?«

»Du spielst mit unfairen Karten.«

»Lass mich doch einfach links liegen.«

»Nein, warte.«

»Auch wenn du meine Ge- fühle nicht er- widerst, sollst du mich nicht vergessen.«

Aber vor allem eins will ich ihm am meisten sagen ...

... einfach als Selbstgespräch, okay?

Verbuch das jetzt...

Ninomiya!

Ein Selbstgespräch?

Tu dir keinen Zwang an.

??

Öhöm!

Gut, dann bin ich mal so frei.

す

う

LUFTHOL

122

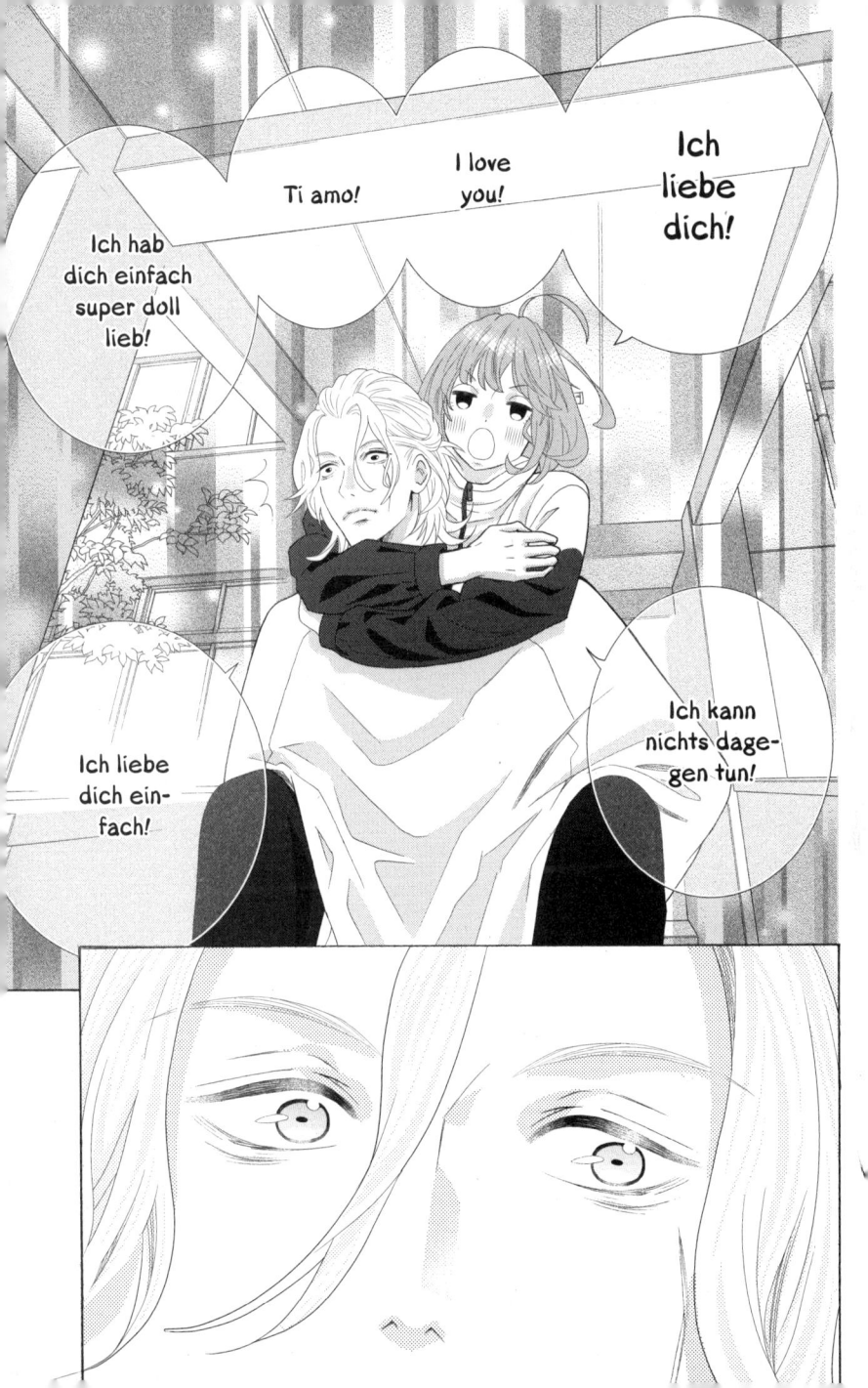

Einfach nicht hinhören.

Ich rede nur mit mir selbst, okay?

...

ふう PUH

...

Na ja ... Ein bisschen beachten könnte er es schon.

Dann ignorier ich es einfach.

Gut.

Ich werde meine Gefühle für ihn nicht aufgeben.

Jetzt geht's mir besser.

Tschüss!

Bis dann!

TOILET

Hey, Ino! Heute schon was vor?

Stehst du ernsthaft auf sie?

Yes! Ich wollte Sumi fragen, ob sie mit mir ausgeht.

Ich glaub, sie ist es nicht gewohnt, von Jungs angemacht zu werden.

Deshalb geh ich voll in die Offensive!

Total!

!!

Ich muss auf dem Heimweg noch einkaufen.

?!

Ich habe euer Gespräch auf dem Klo mitgekriegt.

Stimmt es, dass du zwei- gleisig fährst?

...?

Hä?

SPRACHLOS

...

Was kümmert's ihn?

MECKER

MECKER

Ich finde das nicht gut.

Wo bleibt da der Res- pekt?

Das ist doch so wie fremdgehen!

130

Ich gehe jetzt nach Hause.

Nein!

Sie
ist mein
Licht.

SCHRECK

!

... hast du
dich nicht
verhört.

#7 Das klingt ja so, als wärst du in mich ...

»Sumire gehört mir!«

...

Es ist schon eine ganze Weile her. Da hast du mich gerettet, Yoshizawa.

Wir kennen uns bereits.

Oh!

...

Sorry!
Ich weiß, es
klingt creepy.

Ich bin
kein Stal-
ker!

Warte
mal!

W...

Als wir in
dieselbe Klas-
se kamen ...

... und du mir
deine Gefühle
offenbart hast,
dachte ich, ich
träume.

Richtig.

...als
wärst du in
mich ...

Aber ...

Aber das
klingt ja so
...

... und dich vor allem bewahren, was dir wehtut.

Ich würde dir jederzeit zu Hilfe eilen, wenn du mich darum bittest ...

Ich möchte, dass du glücklich wirst.

Aber ich kann nicht dein Partner werden.

Es tut mir so leid.

...

...

... und ...

... traurig ...

Ich bin glücklich ...

ZWITSCHER

ZWITSCHER

... und ...

Ah!

Guten Morgen!

Ich wollte zum gestrigen Vorfall unbedingt noch etwas loswerden.

Entschuldige meinen Überfall.

!

Wenn ich überlege, was ich dir sagen will, ist es jetzt besser.

Aber wäre es nicht auch nach der Schule gegangen?

Schon okay ...

Hä?

Hast du Lust, die Schule zu schwänzen und mit mir auf ein Date zu gehen?

Tja, also ...

ERRÖT

...

Was?!

LIGHTNING
AND
ROMANCE

Fortsetzung folgt ...

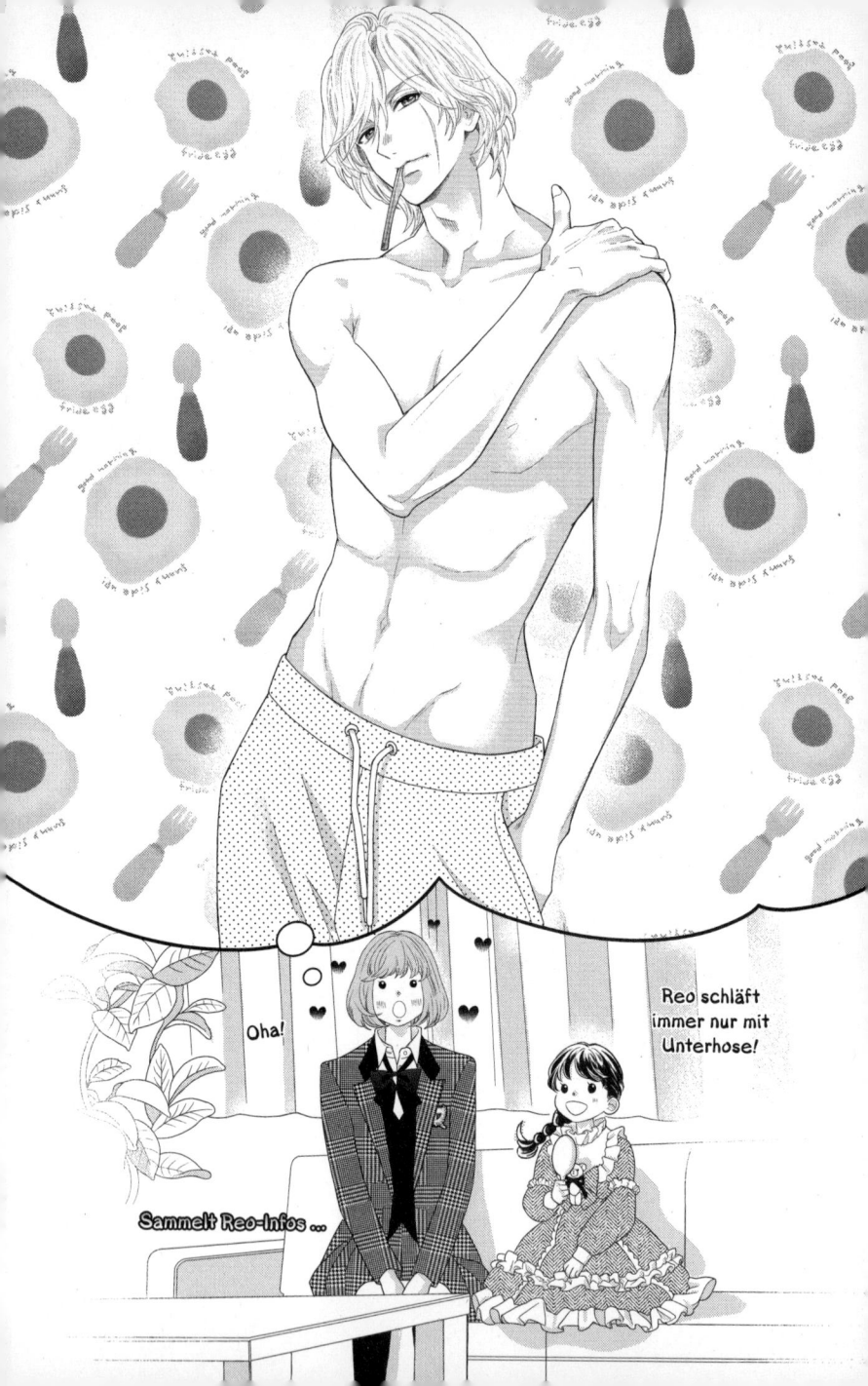

Oha!

Reo schläft immer nur mit Unterhose!

Sammelt Reo-Infos ...

◯ Sumires Zuhause

Dieses Haus hat Herr Yoshizawa gekauft, als sich seine Bücher noch gut verkauften. Daher ist es ein recht großes Anwesen. Es ist ein modernes Haus im japanischen Stil mit Retro-Touch.

◯ Reos Appartement

Er lebt in einer sehr geräumigen Wohnung. Weshalb er trotzdem nebenher noch arbeitet, erfahrt ihr demnächst.

Eine Privatschule.
Die Richtlinien zu den Schuluniformen
sind detailliert ausgearbeitet. Die
stelle ich euch demnächst vor.

○ Mamorus Bar

Ein kleiner Geheimtipp.
Irgendwann möchte ich einen Bonus-Manga zeichnen,
in dem unterschiedliche Charaktere die Bar besuchen
und von Reo als Bartender bedient werden.

Nachwort

Guten Tag!
Vielen Dank, dass ihr auch Band 2 gekauft habt. Wie hat es euch gefallen? Jetzt geht's langsam heiß her, oder? Ganz anders als in Band 1. Ich liebe es, wenn die Männer insgeheim die Frau lieben, aber sich ganz cool geben.

Ach ja, in Band 1 war ich noch nicht sicher, wie ich den Titel abkürze. Ich habe mich für *LiRo* entschieden. Jemand, den ich sehr mag, hat den Manga so genannt. Ich freue mich, wenn ihr die Abkürzung auch benutzt.

Letztens habe ich ja meine beiden Katzen vorgestellt. Wir haben jetzt eine mehr. Kuros Nachwuchs: Chibi! Eigentlich heißt Chibi Azuki. (Dass die Katze genauso heißt wie die von Ayami aus *Kuss um Mitternacht* ist reiner Zufall.) Aber ich nenne sie immer Chibi. Streunerkatzen brauchen immer etwas Zeit, um sich anzupassen, aber so langsam tauen die Katzen auf. Ohne die heilende Kraft meiner Katzen könnte ich diese Arbeit nicht machen. Ein riesengroßes Dankeschön gilt also ihnen.

In Band 2 habe ich einen neuen Charakter eingeführt - Inowaki. Er erscheint zwar wie ein Statist, ist aber ein wichtiger Nebencharakter. Ich glaube, den kann man schön ärgern. Der Austausch zwischen den Charakteren wird immer lebendiger. Ich hoffe, dass es bald noch lebhafter zugeht und freue mich auf euch in Band 3.

Oktober 2021 Rin Mikimoto
twitter@rinmikirin

Special Thanks

S. Sato

H. Saijyo

K. Kaneko

H. Watanabe

M. Takayashiki

K. Abe

Allen aus der Redaktion

Suezaki-san

Chefredakteur

Yukinobu Ito-sama

& you

I LOVE YOU ♡

Autorenkommentar

Ich durfte eine dritte Katze bei mir willkommen heißen. Meine Fellnasen geben mir Energie für die Arbeit. Ist es nicht schön, wie sich Reo und Sumire langsam, aber sicher näherkommen? Viel Spaß beim Lesen!

Rin Mikimoto

TOKYOPOP GmbH
Hamburg

TOKYOPOP
1. Auflage, 2023
Deutsche Ausgabe/German Edition
© TOKYOPOP GmbH, Hamburg 2023
Aus dem Japanischen von Hana Rude

© 2021 Rin Mikimoto.
All rights reserved.
First published in Japan in 2021
by KODANSHA LTD., Tokyo.
Publication rights for this German edition arranged
through KODANSHA LTD., Tokyo.

Redaktion: Lisa Duty, Caroline Skrabs
Lettering: Vibrant Publishing Studio
Herstellung: Rita Geers, Nils Bornemann
Druck und buchbinderische Verarbeitung:
CPI–Clausen & Bosse GmbH, Leck
Printed in Germany

Wir achten auf die Umwelt.
Dieses Produkt besteht aus FSC®-zertifizierten
und anderen kontrollierten Materialien.

ISBN 978-3-8420-8448-3

www.tokyopop.de

STOPP!

**Dies ist die letzte Seite des Buches!
Du willst dir doch nicht den Spaß verderben
und das Ende zuerst lesen, oder?**

Um die Geschichte unverfälscht und original-
getreu mitverfolgen zu können, musst du es
wie die Japaner machen und von rechts nach
links lesen. Deshalb schnell das Buch um-
drehen und loslegen!

So geht's:

Wenn dies das erste Mal sein
sollte, dass du einen Manga
in den Händen hältst, kann dir
die Grafik helfen, dich zurecht-
zufinden: Fang einfach oben
rechts an zu lesen und arbeite
dich nach unten links vor.
Viel Spaß dabei wünscht dir
TOKYOPOP®!